AF319031

OEUVRES

DE

MOLIÈRE

NOUVELLE ÉDITION

REVUE SUR LES PLUS ANCIENNES IMPRESSIONS

ET AUGMENTÉE

de variantes, de notices, de notes, d'un lexique des mots et locutions remarquables,
de portraits, de fac-simile, etc.

PAR MM. EUGÈNE DESPOIS ET PAUL MESNARD

ALBUM

PARIS

LIBRAIRIE HACHETTE ET Cie

BOULEVARD SAINT-GERMAIN, 79

1895

OEUVRES

DE

MOLIÈRE

—

ALBUM

PARIS. — IMPRIMERIE LAHURE
9, rue de Fleurus.

OEUVRES

DE

MOLIÈRE

NOUVELLE ÉDITION

REVUE SUR LES PLUS ANCIENNES IMPRESSIONS

ET AUGMENTÉE

de variantes, de notices, de notes, d'un lexique des mots et locutions remarquables,
de portraits, de fac-simile, etc.

PAR MM. EUGÈNE DESPOIS ET PAUL MESNARD

ALBUM

PARIS

LIBRAIRIE HACHETTE ET Cⁱᵉ

BOULEVARD SAINT-GERMAIN, 79

1895

PORTRAITS DE MOLIÈRE

I

Dans le rôle de César de *la Mort de Pompée*.

Ce portrait a été dessiné par M. Ronjat d'après
le tableau attribué à Pierre Mignard et conservé
au foyer de la Comédie-Française. — Hélio-
gravure Dujardin.

MOLIÈRE

dans le rôle de César de "La mort de Pompée"

II

Portrait de Molière

Ce portrait a été dessiné par M. Ronjat d'après
le tableau attribué à Pierre Mignard qui fait
partie de la collection de Monseigneur le Duc
d'Aumale au château de Chantilly. — Hélio-
gravure Dujardin.

MOLIÈRE
d'après le tableau attribué à Pierre Mignard

III

Portrait de Molière

Ce portrait a été dessiné par Auguste Sandoz
d'après Pierre Mignard, et gravé par Desvachez.

MOLIERE

FAC-SIMILÉS D'AUTOGRAPHES

I

QUITTANCE AUTOGRAPHE DE MOLIÈRE

Datée du 17 décembre 1650.

L'original est aux Archives départementales de l'Hérault.

J'ay receu de Monsieur de penautier la somme de
quatre mille liures ordonnées aux comediens par
Messieurs des Estats. faict a pezenas ce 17.e
decembre mil six cent cinquante. Moliere.

pour 4000 tt

II

Quittance autographe de Molière

Datée du 24 février 1656.

L'original est aux Archives départementales de l'Hérault.

J'ay receu de Monsieur le secq thresorier de la
bource des estatz du languedoc la somme de sept
mille liures a nous accordez par messieurs du
bureau des comptes de laquelle somme ie le quitte
faict a Peyenas ce vingt quatriesme iour de feburier
1656   Moliere.
Quittance de six mille liures

III

Signatures de Molière

J.B.P. Molière.

Vitrine 75, côté 1 et 2. N° 854 bis.
Jean-Baptiste POQUELIN MOLIÈRE.
Comédien de S. A. le duc d'Orléans.

Plainte contre plusieurs laquais qui avaient
voulu pénétrer sans payer dans la salle de
la Comédie-Française, au Palais-Royal.
(Signature autographe.)
25 février 1662.

J. B. Poquelin Molière.

Vitrine 75, côté 1 et 2. N° 854 bis.
Jean-Baptiste POQUELIN MOLIÈRE.
Comédien de S. A. le duc d'Orléans.

Plainte et information en escroquerie contre
le nommé Coiffier, ci-devant huissier au Grand
Conseil.
29 octobre 1672.

J.B.P. Molière.

Quittance de Molière du 26 juin 1668.

HABITATION

Poteau cornier de la Maison des Singes, habitée
par Molière dans son enfance, au coin de la
rue Saint-Honoré et de la rue des Étuves,
actuellement rue Sauval.

Ce dessin a été fait d'après la gravure au trait qui
se trouve au tome III du *Musée des Monu-
ments français* d'Alexandre Lenoir.

(Voyez Notice biographique, page 7, note 2.)

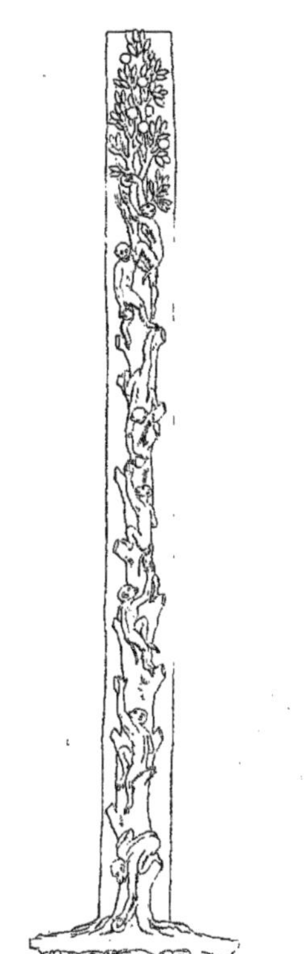

Poteau cornier de la Maison des Singes.

THÉATRE, DÉCORATIONS
COSTUMES

Le vrai portrait de M. de Molière
En habit de Sganarelle, par Simonin.

L'original est à la Bibliothèque nationale. (Voyez
Notice bibliographique page 56, note 2, et
page 312, Addition à la p. 408 du tome VIII.)

Simonin de Fecit

Le vray Portrait de M.r de Moliere en Habit de Sgandrelle.

II

Scène de la première Journée des *Plaisirs de l'Ile enchantée*, représentant Molière en Dieu Pan sur un char.

Reproduction de la gravure originale d'Israël Silvestre. Chalcographie du Louvre.

Molière en Dieu Pan dans la Première Journée des *Plaisirs de l'Ile enchantée*.

III

Scène de la *Princesse d'Élide*

(Seconde journée des *Plaisirs de l'Ile enchantée*.)

Dessinée par Mlle Lancelot, d'après la gravure originale d'Israël Silvestre.

Scène de la *Princesse d'Élide*.

IV

Représentation du *Malade imaginaire*

Devant la grotte de Versailles, troisième journée
des divertissements de Versailles donnés par le
Roi à toute sa cour au retour de la conquête
de Franche-Comté en l'année 1674, dessinée
par Mlle Lancelot d'après une gravure de
Le Pautre. (Voyez Notice bibliographique,
page 173.)

Représentation du *Malade imaginaire* devant la grotte de Versailles

V

OEuvres de Molière. — Album.

Scènes de *Monsieur de Pourceaugnac*.

VI

QUATRE SCÈNES DE *Tartuffe*.

Reproduction d'une gravure attribuée à Le Pautre, au folio 164 du tome V de l'œuvre de
Le Pautre à la Bibliothèque Nationale.

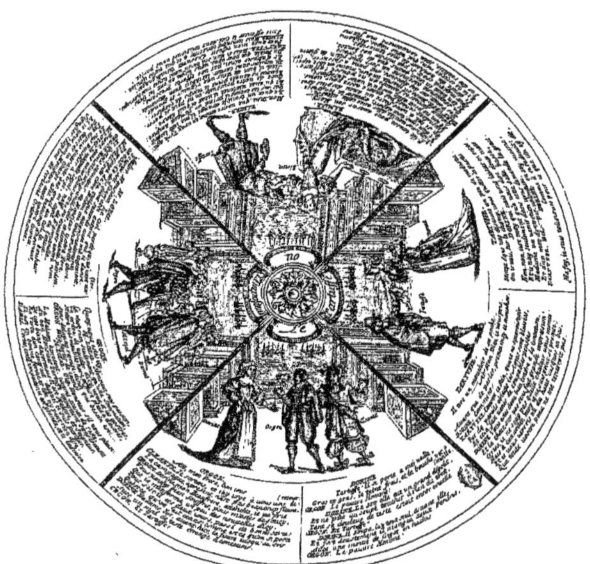

Scènes de *Tartuffe*.

LE MISANTROPE

LE MEDECIN MALGRÉ LUY

L'AVARE

LE MALADE IMAGINAIRE

FRONTISPICES

L'ESCOLE
DES
MARIS

L'ESCOLE DES FEMMES.

L'Amour Médecin.

Le Misantrope

FRONTISPICE DE CHAUVEAU

Pour le Recueil des OEuvres de Molière publiées en 1666. — Tome I.

Ce frontispice représente Molière dans l'extrava-
gant costume de Mascarille des *Précieuses
ridicules* et en Sganarelle.

(V. Notice bibliographique p. 56, 2ᵉ alinéa, fin.)

Molière en Mascarille et en Sganarelle.

Molière dans le costume d'Arnolphe

Image de la Confrérie de l'Esclavage de N.-D.
de la Charité, dessin de Chauveau, gravure de
Le Doyen, 1665. Cette image a été décrite
tome IX, p. 58o, note 2. Elle se trouve au
tome I, folio 23, de l'œuvre de Chauveau,
conservé à la Bibliothèque Nationale.

Deux quatrains de Molière sont inscrits au bas.

LA CONFRAIRIE DE L'ESCLAVAGE DE NOSTRE DAME
DE LA CHARITÉ ESTABLIE EN L'EGLISE DES RELIGIEVX DE LA CHARITE
Par nostre S. P le Pape Alexandre vii l'an 1665
In funiculis Adam traham eos, in vinculis Charitatis Osee. 11. 4

Brisez les tristes fers du honteux esclauage
Où vous tient du peché le commerce odieux
Et venez recueuir le glorieux seruage
Que vous tendent les mains de la Reyne des Cieux

L'vn fer vous a vos sens donne pleine victoire
L'autre sur vos desirs vous fait reyner en Roys
L'vn vous tire aux Enfers et l'autre dans la gloire
Helas peut un Mortels, balancer sur ce Choix

MUSIQUE

Fac-similé de la courante de Lulli pour les
Fâcheux. L'original est à la Bibliothèque du
Conservatoire, tome 44 de la collection
Philidor.

(Voyez Notice bibliographique p. 8, note 1.)

Fac-similé de la courante de Lulli pour les *Facheux*

Fac-similé de la courante de Lulli pour les *Fâcheux*

PARIS. — IMPRIMERIE LAHURE

9, rue de Fleurus.